MEU DIÁRIO MITOLÓGICO

LUCA CATALDI

ILUSTRAÇÕES: OSTAN

Copyright © Luca Cataldi

Todos os direitos reservados. Nenhuma parte deste livro poderá ser reproduzida por qualquer processo, sem permissão por escrito do autor ou editores, exceto no caso de breves citações incluídas em artigos críticos e resenhas.

Editorial	Isa Colli e Luciana Paixão
Revisão	Karina Gercke e Taís Faccioli
Diagramação	Alexandre Ostan
Projeto Gráfico	Colli Books

Grafia atualizada segundo o Acordo Ortográfico da Língua Portuguesa de 1990, que entrou em vigor no Brasil em 2009.

Dados Internacionais de Catalogação na Publicação (CIP)
(BENITEZ Catalogação Ass. Editorial, MS, Brasil)

Cataldi, Luca

1.ed. Meu diário mitológico / Luca Cataldi ; ilustração de Alexandre Ostan. – 1.ed. – Brasília, DF : Colli Books, 2022.

48 p.; 14 x 21 cm.

ISBN : 978-65-86522-88-4

1. Diário - Literatura infantil. I. Ostan, Alexandre. I. Título.

08-2021/67   CDD 028.5

Índice para catálogo sistemático:

1. Literatura infantil   028.5
2. Literatura infantojuvenil   028.5

Bibliotecária responsável: Aline Graziele Benitez CRB-1/3129

Rua 9 Norte L.05 - Bloco B - 1504
Águas Claras - Brasília/DF - CEP 71908-540
E-mail: general@collibooks.com · www.collibooks.com

ÍNDICE

Dedicatória 5

Introdução - Como cheguei aqui 7

Capítulo 1 - Minha paixão mitológica 13

Capítulo 2 - O início 16

Capítulo 3 - E a profecia se cumpre 24

Capítulo 4 - Está servido? 29

Capítulo 5 - Os titãs 35

Sobre o autor 46

Sobre o ilustrador 47

DEDICATÓRIA

Dedico meu primeiro livro à minha mamãe, Claudia Cataldi, que é minha Deusa no meu Olimpo. Com seu escudo protetor e força inesgotável, me ensinou, protegeu e orientou para que eu consequisse alcançar esse sonho.

E por falar em sonho, agradeço a minha querida tia Isa Colli, que me fez sonhar acordado me convidando para ser autor da Colli Books.

Também preciso agradecer ao meu melhor amigo, meu irmão, Claus, que é meu maior companheiro. Minha vida não seria tão feliz sem ele.

Luca Cataldi

Introdução
Como cheguei aqui

Eu adoro jogar *Fortnite*. E já entrei logo assim, de carrinho nas canelas, para não te dar chance de pensar que sou diferente de você.

O que aconteceu comigo foi que minha mãe sempre incentivou a leitura em nossa casa. Desde pequeno ela levava a mim e a meu irmão Claus para visitar bibliotecas. Ela diz que o cheiro de livro é o melhor cheiro do mundo. Que livro cheira conhecimento, e hoje eu concordo com ela. Em 2019 ela chegou em casa com vários e me contou uma história que me deixou curioso a respeito dos livros que carregava em suas mãos. Eram escritos pela minha tia Isa Colli. Quando vi as capas lindas e ela leu as sinopses, me interessei em ler. Primeiro porque ela sempre disse que o conhecimento fica "preso" entre as capas de um livro. E que ele só pode ser "libertado" quando a gente lê. Aí, ele sente um alívio incrível de ter tido a capa aberta e poder "ganhar o mundo" por meio da nossa leitura. E eu comecei a ler. Li *A Nuvem Floquinho*: que heroína fantástica, essa nuvem. Querer salvar a Terra por amor a nós, um verdadeiro ato de bravura. Li *O Rio Grinalda*, livro que fala sobre reciclagem, limpeza dos rios. Achei fantasioso demais os animais limparem o rio, mas quase me esqueci que se trata de uma fábula, *O Elefante Mágico e a Lua*, esse é bilíngue, e como gosto muito de inglês, fui logo comparando a tradução: parabéns para o tradutor, a tradução ficou muito boa, e li também *Vivene e Florine e suas descobertas na Amazônia*... e não é que eu gostei de ler? Aprendi coisas que nunca imaginei existir. Parece até que estava viajando com as abelhinhas em um passeio pela floresta. Fiquei pensando: qual dos mitos toparia fazer essa viagem comigo e qual toparia salvar a Amazônia?

Aprendi muito com esses livros, mesmo antes de ver esses assuntos na escola: efeito estufa, fotossíntese, fases da lua, preservação da floresta etc.

Nesse mesmo período, fiquei muito curioso quando vi minha mãe lendo sobre mitologia. Perguntei por que estava lendo sobre o assunto e ela respondeu que estava refrescando a memória do que tinha aprendido sobre mitologia para debater comigo e com meu irmão.

Gostei muito dessa iniciativa dela e começamos então a trocar ideias sobre o que líamos. Ela adorou o que contei sobre os livros que li, e eu gostei de como ela estava falando sobre mitologia.

No entanto, achei que os termos dos livros de adultos eram muito complicados, mas o assunto me encantou tanto, que eu tinha que perguntar toda hora o que significavam aquelas palavras. Ouvi interessadíssimo até o final porque queria libertar o tal conhecimento até não sobrar nadinha preso entre as capas. Em seguida, fui à internet me aprofundar mais sobre o assunto. Busquei vídeos e aprendi bastante. O suficiente para juntar tudo na minha cabeça, tirar minhas próprias conclusões e escrever esse diário.

Claro que tudo isso aconteceu depois que a tia Isa, que eu acho que não dorme nunca (risos), me convidou para uma *live*, a primeira da minha vida.

Nem preciso dizer que eu amei participar desse encontro virtual. A audiência que ela trouxe foi gigante. Foi muito legal notar que as crianças e todos que estiveram conosco gostaram de ouvir sobre mitologia da maneira que eu e a tia Isa falávamos: linguagem acessível, de modo fácil. E eu penso que não tem que ser diferente, o nome já é complicado demais para ter uma explicação de difícil compreensão.

Contei na *live* que tinha escrito esse diário e, surpresa, minha tia disse que iria publicar. Eu nem acreditei que era verdade. Está sendo um momento de muita emoção na minha vida.

Desejo que você possa se encantar, assim como eu, por esse mundo fascinante dos mitos que mudou o meu olhar de mundo. E mais que tudo, para que você também liberte no universo todo o conhecimento que vai conquistar. Vou ficar te esperando no Olimpo, hein?

A mitologia nada mais é do que relatos fantásticos que os povos antigos usavam para explicar alguns fenômenos da natureza, como o fogo, por exemplo.

Então, vem comigo nesta viagem mitológica.

Capítulo 1
Minha paixão mitológica

Alguns termos da mitologia são bastante atuais, apesar da passagem do tempo. Um deles, por exemplo, é "Caixa de Pandora", que supõe curiosidade sem controle.

A tal ponto que a bisbilhotice dela, Pandora, ao desobedecer a ordem para não abrir a caixa causou um mal enorme, já que várias pessoas foram mortas.

Só ficou uma coisa na caixa. O que teria sido? Vamos descobrir juntos.

Fique sabendo que os deuses e deusas eram bons aliados em tempos de guerra. Eram imortais e o povo sempre recorria a eles para resolver problemas variados.

Quando você está no sufoco, a quem pensa pedir ajuda? Naquele tempo não havia dúvida. Os pedidos eram direcionados aos deuses. E havia tantos que a única dúvida costumava ser qual deles eleger como preferido e escolher como padrinho. Bom, né?

E que tal assumir um compromisso comigo de ler todas as páginas deste diário? Conto com a sua companhia para mergulharmos neste mundo mágico da mitologia grega. É importante perceber que tanto na mitologia quanto na vida real, é necessário estabelecer parcerias e realizar trabalho em equipe para o sucesso de nossos desafios.

Capítulo 2
O início

Caos, o infinito

As divindades viviam em guerra para manter o seu poderio. E tinham sentimentos quase humanos, como é o caso da solidão.

A solidão levou Caos, o deus que dominava todos os espaços – e era o infinito –, a desejar uma companheira, pois sentia-se atormentado por viver só. Criou Gaia, sua companhia, mas também o Planeta Terra; Tártaro, a divindade do submundo, e dois gêmeos: Nix (a noite) e Érebo (a escuridão).

Apesar de deuses, eles combatiam muito. Pais, filhos e mulheres brigavam, com sede de poder, para ter o domínio. Houve quem exterminasse a família inteira.

Cada deus, ou deusa, tinha uma missão a cumprir. Éris, uma das doze filhas de Nix, era a deusa da discórdia, e foi quem provocou a Guerra de Troia.

Gaia, que não aguentava mais ouvir seu pai, Caos, criou Urano (o céu), Pontus (o oceano) e Óreas (as montanhas). Gaia e Urano tiveram doze filhos titãs e filhas titânides, corajosos o suficiente para enfrentar Zeus, o mais poderoso de todos os deuses, filho do rei dos titãs, Cronos, e de Reia, uma das titãs.

Muitas cabeças e braços

Depois de algum tempo, Gaia e Urano deixaram de procriar titãs e passaram a ter ciclopes e hecatônquiros, bichos com cinquenta cabeças e cem braços. Mas como a paz e a felicidade não eram exatamente uma realidade no mundo mitológico, Urano desgostou-se dos filhos e jogou-os nas profundezas do mundo, no Tártaro, e os abandonou lá.

No entanto, Tártaro era dentro de Gaia, que continuou procriando bestas-feras horrendas da mitologia grega. Parece que o tiro saiu pela culatra, como dizem por aí. Gaia ficou tão furiosa com Urano que chamou seus filhos titãs para emboscá-lo e ajudar a libertar os outros filhos das profundezas de Tártaro e tomar seu poder.

E como já dissemos, vamos ver uma das guerras de filhos contra pais. Aqui, Cronos não fugiu e esperou a hora certa para se vingar do seu pai, castrando-o quando ele se distraiu.

Cronos tornou-se o rei todo poderoso. Mas ele, não muito diferente de seu pai, Urano, não libertou seus irmãos. Portanto, Gaia, sua mãe, rogou uma praga: Ele seria destronado por um de seus filhos.

Aqui é importante abrir um parêntese sobre essa castração de Urano. Há quem diga (o poeta Hesíodo, para ser mais preciso) que Afrodite, a deusa da beleza, do amor e do sexo, nasceu após a castração de Urano. Seus órgãos foram jogados no mar e ao seu redor se formou uma espuma branca, num processo de fecundação do qual ela nasceu.

Já o poeta Homero diz que a deusa da beleza era filha do deus dos deuses, Zeus, e de Dione, a deusa das ninfas. Você pode escolher a versão que mais lhe agradar.

Afrodite se casou com o deus do fogo, Hefesto, mas não era exatamente fiel e teve muitos amantes tanto entre os deuses quanto entre os mortais.

Teve vários filhos, entre eles Hermafrodito, de grande beleza, filho do deus mensageiro Hermes, que possui órgãos sexuais masculinos e femininos. A história é mais complexa e longa. Convido você a navegar e descobrir um pouco mais.

Com Apolo ela teve Himeneu (deus do casamento), e com Dionísio, o deus do prazer, das festas e do vinho, ela teve Príapo, o deus da fertilidade.

Ela também teve Eneias, filho do mortal Anquise. Relatar todos os casos e o número de filhos de Afrodite tomaria um tempo muito grande. Então, vamos a outra característica da deusa do amor: ela era vingativa e impiedosa com seus inimigos. A história conta que foi uma das responsáveis pela Guerra de Troia, que durou dez anos, e da qual seu filho Eneias foi um dos heróis.

Tudo por causa de um concurso de beleza, quando Afrodite, Hera e Atena concorreram. O juiz foi Páris, de Troia, assediado pelas três.

No entanto, quem ofereceu o suborno mais atraente (isso é antigo, infelizmente) foi a deusa do amor, que prometeu a ele a mulher mais bela do mundo mortal, Helena, mulher de Menelau, o rei de Esparta.

Moral da história: ela ajudou a sequestrar a rainha e venceu o concurso, tornando-se inimiga das outras duas. A guerra provocou muitas mortes e os deuses tomaram partido.

Zeus não queria o divino envolvido em briga humana, mas Hera, sua mulher, favorável aos gregos, usou perfumes com efeito sonífero e quando o deus dos deuses acordou, a guerra estava em andamento, com muitas vidas perdidas. Fecha parêntese.

Voltemos à história de Cronos, após a castração de Urano e ascensão ao poder.

Cronos virou rei. Cheio de autoridade, espera-se que liberte seus irmãos, certo? Errado. Ele só se juntou aos outros para virar rei. No trono, deixou todos para trás e escolheu Reia, a deusa da maternidade, como sua esposa. No entanto, apesar de casado com a deusa da maternidade, não queria filhos, pois foi amaldiçoado. A lenda dizia que ele seria derrotado por um de seus filhos, assim como fez com seu pai. Mas mesmo sem o seu consentimento, Reia engravidou várias vezes, mas a cada parto, Cronos engolia o bebê. Na última gravidez foi enganado pela mulher, que lhe deu uma pedra enrolada em panos para engolir.

Com isso, salvou Zeus, que foi levado à Creta e treinado, tornando-se dono de poderes extraordinários que o fizeram praticamente imbatível.

Capítulo 3
E a profecia se cumpre

Já mostramos o Zeus todo-poderoso, mas voltemos um pouco na história.

Adulto, Zeus chegou numa ilha até então desconhecida, a ilha de Creta, onde conheceu Métis, a deusa da saúde e da prudência. Ela se apresentou e informou que tinha o poder de se autotransformar. O que ela não contou é que era uma rebelde revoltada com Cronos, a quem queria derrotar por não ter sido exatamente o que esperava dele.

Mas sabia que sozinha não o venceria. Ela explica a Zeus que alguns titãs também eram inimigos de Cronos, entre eles sua mãe Tétis, a titã da água fresca, e seu pai Oceano, o titã do oceano (que nome criativo né?), Têmis, a titã da justiça, e Reia. Porém, eles temiam Cronos, e por necessidade de sobrevivência e por estratégia, o toleravam enquanto não reuniam forças para vencê-lo.

Logo Métis começou a reunir aliados para derrotar Cronos. Sua tia Reia foi uma das divindades que acreditou no plano para vencê-lo, embora isso parecesse impossível, pois teriam que derrotar os titãs e libertar seus irmãos.

Apesar de todos os esforços para derrotar Cronos, as coisas não eram tão simples, pois ele tinha ao seu lado os titãs. Os que não estavam com Cronos eram neutros (não tem nada pior que pessoas neutras, que ficam em cima do muro) e não queriam se envolver, o que era péssimo para vencer uma guerra.

É nessa hora que os esquecidos e anônimos ajudam Zeus a executar seu plano, que era abrir os portões de Tártaro e libertar seus irmãos engolidos por Cronos. Isso ensina uma lição: ninguém pode ser desprezado porque todo mundo tem valor.

Para que a libertação ocorresse, Métis criou uma poção, que não ficou pronta com a rapidez necessária e atrapalhou momentaneamente os planos. Mas o filho vingador não podia parar o planejamento.

Passo a passo para a vitória

No portão do submundo havia uma guardiã, Campe, metade dragão, metade mulher, que impedia o acesso ao local. Essa criatura luta com Zeus e é derrotada por ele. No submundo, Zeus se apresenta a Cronos e pergunta:

— Posso trabalhar para você?

Cronos gostou dele e o contratou, sem ter a menor ideia de que Zeus era seu filho sobrevivente, que ele pensava ter engolido. Isso ajudou Zeus a ganhar a confiança do pai. Até que um dia o filho escuta Cronos e Atlas, um primo seu, conversando sobre alguém ter matado Campe e invadido o submundo.

Cronos chega para Zeus e diz que no dia seguinte terá um campeonato de degustação de ouzo, a clássica e forte bebida grega, de alto teor alcoólico, que derrubava qualquer um. Quem bebesse mais e se mantivesse de pé seria o vencedor. O detalhe é que Zeus seria o garçom.

Ansioso, depois do serviço de rotina, voltou rápido para casa e perguntou a Métis se a poção estava pronta. A resposta foi positiva. Perguntou para os ciclopes se as encomendas estavam prontas (segura a curiosidade que já te conto o que eram) e a resposta foi a mesma. Com tudo em mãos, deu um sinal para os hecatônquiros e foram em direção ao castelo para participar do campeonato.

Capítulo 4
Está servido?

Zeus foi servindo um a um, até que todos estavam embriagados. Então, secretamente, derramou a poção na bebida de Cronos. Depois de alguns minutos, Cronos vomita muito. Colocou para fora todos os irmãos de Zeus e até aquela pedrinha que engolira enganado por sua mulher. E depois disso, Zeus avisa a Cronos que o reinado dele tinha acabado. Cronos não entendeu nada. Quem aquele garçom pensava que era para dizer aquilo? Logo ele liga os pontos. Descobre que aquele só podia ser seu filho.

Zeus diz aos outros titãs que aquela era a hora de se rebelar! E apesar da maioria não gostar de Cronos, o único que se manifestou foi Prometeu, o titã do fogo (segundo os gregos, ele criou a humanidade).

Vomitados, os irmãos se uniram na batalha contra Cronos. Revoltados, os ciclopes disseram que durante todo o tempo tentaram forjar uma arma para escapar da prisão no Tártaro. E eles já a tinham feito, mas nenhum deles, nem mesmo os hecatônquiros, tinham poder suficiente para usá-la. Após essa fala, entregaram as "encomendas."

E assim, lutaram ao lado de Zeus: Hades, Poseidon e Prometeu. E, ao lado de Cronos: Atlas e outros titãs. Assim começou a Titanomaquia (a Guerra dos Titãs) e, no fim, a batalha foi entre Hades, Zeus, Atlas e Cronos.

Quando o time de Zeus ganhou, Cronos foi aprisionado nas profundezas do Tártaro. E Atlas foi obrigado a carregar a Terra nas costas, por isso "atlas geográfico".

Agora vou revelar a primeira encomenda: O famoso raio de poder devastador, para Zeus. Ele pediu mais dois artefatos (te conto sobre eles mais adiante). Zeus voltou para a Ilha de Creta e contou o ocorrido para Métis, que o ajudou a se preparar para a segunda parte do plano. Com a vitória, Métis se torna conselheira de Zeus. Mas a convivência os tornou íntimos.

Ah, sabe quais foram as encomendas feitas aos ciclopes? O tridente de Poseidon e o elmo da escuridão de Hades, que ele usou para ficar invisível e quebrar o arsenal dos titãs.

Os hecatônquiros viraram os novos guardas do submundo, como uma Campe. E logo depois, os deuses construíram sua casa no topo do Monte Olimpo. Agora só faltava decidir quem ficaria com cada reino: o mar, o céu e o submundo.

Eles fizeram um sorteio "justo". Zeus dispôs três pedras de cores diferentes. Quem pegasse a branca ficaria com o céu, a vermelha com o submundo e a azul, você sabe, sussurra aí...

Não sussurrou? Mas eu te conto.

Zeus, como foi o líder desse combate, se deu o direito de dar uma olhadinha prévia, como qualquer um faria com o gabarito da prova na sua frente (ou não, né? Coisa feia, Zeus). E, assim, Zeus fica com o céu, o lugar mais prestigiado, enquanto o submundo não era o desejo de ninguém. E Poseidon fez o mesmo: deu uma olhadinha.

Quando todos mostraram o resultado, diante da tranquilidade de Zeus e Poseidon, Hades soube o que aconteceu, mas como era o mais responsável dos três, como bom perdedor, aceitou o resultado sem reclamar.

Morada dos deuses

Já ouviu falar em néctar dos deuses? E em deuses olímpicos? E no Monte Olimpo? Se não ouviu, eu vou falar um pouquinho dessa história para você.

No tempo dos deuses da mitologia grega, uma montanha, o Monte Olimpo era a casa das divindades imortais (existe até hoje, fica no norte da Grécia e tem 2917 metros de altitude, sendo o ponto mais alto do país).

Seus palácios, alguns em ouro, outros em bronze e outros em cristais, e alguns com a mistura de tudo isso, foram construídos pelo artesão Hefesto. A entrada ao Olimpo se dava por um portão de nuvens, protegido pelas deusas conhecidas como Estações.

Você já viu nos filmes aquelas mansões onde todo mundo gostaria de morar? Pois os palácios do Monte Olimpo eram assim.

O mandachuva do Olimpo era Zeus, que dava as ordens para os outros moradores: Hera, Poseidon, Atena, Ares, Deméter, Apolo, Ártemis, Hefesto, Afrodite, Hermes e Dionísio. Há alguns textos que incluem outros moradores, mas os citados aqui são quase unanimidade na mitologia.

Festeiros quando não estavam guerreando, Zeus e os outros deuses comemoravam com néctar e ambrosia, ao som de muita música cantada pelas musas no grande salão de festas, um dos cômodos mais usados do palácio. Os moradores eram considerados a elite entre os deuses e os todo-poderosos.

Pois é. Mas voltemos ao "néctar dos deuses". Geralmente, nos dias de hoje, essa expressão é usada quando a gente quer dizer que uma coisa é muito boa. Era esse néctar e a ambrosia os principais alimentos na mesa dos palácios do Monte Olimpo. Os deuses realmente viviam bem e comiam do bom e do melhor.

Capítulo 5
Os titãs

Existem muitos titãs, mas vamos apresentar melhor alguns deles.

Prometeu

É hora de outro parêntese. Prometeu, amigo de Zeus, o ajudou a tirar o trono de Cronos. Criou a raça humana a partir da argila e da água (lembra alguma outra criação?), pois seu irmão esgotou a matéria-prima com que foram feitos os outros animais. O ser humano recebeu o dom de pensar e raciocinar e a capacidade de realizar vários ofícios e aptidões.

No entanto, Prometeu se tornou próximo demais dos mortais, o que irritou o ciumento Zeus. Raiva que cresceu quando descobriu que foi enganado.

Ao oferecer um sacrifício, o titã fracionou um boi em dois pedações e separou duas porções embaladas em tiras de couro. Uma continha apenas ossos e gorduras, e a menor, o pedaço de carne, que ele queria oferecer aos deuses. Mas Zeus, olhudo e arrogante que só, não aceitou e exigiu o pedaço maior. Prometeu aceitou e deu a carne aos humanos. Enfurecido, Zeus tira dos humanos o domínio do fogo.

Amigo da humanidade que criara, Prometeu, então, rouba o fogo do Olimpo e os dá à raça humana. Foi abuso demais para Zeus, que o puniu.

Mandou que o ferreiro Hefesto o mantivesse preso em correntes no alto do Monte Cáucaso por trinta mil anos. Nesse tempo todo seria bicado diariamente por uma águia, que destruiria seu fígado. Imortal que era, o órgão se regenerava todos os dias. Essa saga só terminou quando Hércules o libertou e colocou no seu lugar um centauro, também imortal, Quíron, pois por ordem de Zeus, outro ser eterno poderia substituí-lo no cativeiro. Quem tem amigo não morre pagão, como dizem por aí.

Poseidon

Poseidon, filho de Cronos e de Reia, o rei dos mares, um homem muito forte, de barbas, cujo símbolo é um tridente que causa maremotos, tremores e faz brotar água do solo, é outro que ajudou Zeus a derrotar seu pai.

Ele é casado com Anfitrite, que fugiu durante longo tempo para não ser sua mulher, mas depois mudou de ideia, se

tornando a rainha do oceano. Ela e Poseidon tiveram Tritão, que soprava o búzio, instrumento que emitia belos sons, mas também aterrorizava os marinheiros com um barulho assustador.

Como outros deuses, Poseidon teve várias mulheres e filhos, todos cruéis, os mais conhecidos sendo Ciclope e o gigante Orion.

Poseidon disputou com Atena, a deusa da sabedoria, para ser a deidade da cidade hoje conhecida como Atenas, logo, pelo nome da cidade, percebe-se que Atena ganhou a disputa.

Na história da Guerra de Troia, Poseidon e Apolo ajudaram o rei na construção dos muros daquela cidade e a eles foi prometida uma recompensa. Foram enganados, pois a tal recompensa não veio. Foi então que Poseidon, muito enfurecido, se vingou de Troia e enviou um monstro do mar que saqueou toda a terra de Troia e, durante a guerra, ele ajudou os gregos.

Já ouviu falar de Pégaso, o cavalo alado? Pois é. Ele é filho de Poseidon e Medusa.

Conta o mito que Medusa era uma bela mulher, sacerdotisa no templo de Atena. Ao aceitar o assédio do deus dos mares e se deitar com ele no templo, foi amaldiçoada. Atena transformou o cabelo de Medusa em serpentes e seu rosto em algo sombrio. Quem olhasse para ela virava estátua de pedra. (Mexe com uma deusa ciumenta, mexe.)

Essa paternidade pode explicar a ligação de Poseidon com os cavalos, já que ele levou cavalos para a região da Grécia.

A monogamia não era comum entre os deuses. Poseidon também teve um caso com Demeter, a quem perseguiu. Para evitá-lo ela se transformou em égua e, como os deuses podem se transformar no que quiserem, Poseidon se transformou em um garanhão. Finalmente conseguiu seu objetivo. Eles tiveram um filho lindo, o cavalo Árion. O que cabe na mitologia, mas jamais deve ser praticado em nossos tempos. Quando a mulher diz não, é não, ouviu?

Hércules

Já citamos Hércules, e você quase certamente já ouviu falar da sua força incomparável. Então vamos apresentá-lo melhor.

Ele é filho de Alcmena e Zeus, que era casado com Hera. Já vimos que era muito comum os deuses terem várias mulheres, não é?

Hera odiava Hércules e tentou matá-lo ainda no berço, onde colocou serpentes. Foi aí que viram que seria destemido, pois matou todas e ainda salvou seu irmão Íficles.

Casou-se com Mégara, filha de Creonte, e teve vários filhos. Eles foram felizes, mas Hera nunca desistiu de se vingar do filho bastardo de seu marido e lançou o feitiço da loucura sobre ele. Enlouquecido matou a esposa e todos os filhos por vê-los como inimigos.

Feito o estrago, e passado o feitiço, a deusa Minerva lhe conta o que ele fez. Isso foi demais para ele, que se tornou um andarilho nas ruas da Grécia, até encontrar um oráculo (oráculo é a previsão do futuro feita por um deus ou qualquer outra divindade).

Ele é orientado a encontrar o rei de Micenas e Tirinto, Euristeu, que era seu primo. Obediente, e esperançoso de se livrar daquele sofrimento, ele obedeceu.

Foi informado que seria redimido de sua culpa se realizasse doze trabalhos e vencesse todos os desafios propostos. Quer saber quais foram eles?

1. Matar o monstruoso leão de Nemeia.
2. Matar a hidra de Lema, uma serpente gigantesca com várias cabeças que renasciam sempre que eram cortadas.
3. Capturar a bela corça de chifres de ouro da deusa da caça, Diana, que vivia solta nos bosques, e levá-la para Euristeu.
4. Capturar o monstro javali de Erimanto, muito feroz, e levá-lo até Euristeu.
5. Limpar as estrebarias jamais limpas de Áugias, o dono de um imenso rebanho. Imagina a quantidade de estrume a ser retirada.
6. Exterminar as aves negras de bicos, asas e cabeças de ferro, mortíferas, que destruíam tudo no lago Estínfale, um pântano cheio de espinhos. As dificuldades só aumentavam.
7. Dar à filha de Euristeu o cinto e o véu de Hipólita, a rainha das amazonas. Cinto e véu presenteados por Ares, deus da guerra, por sua bravura.
8. Capturar os quatro cavalos de Diomedes, filho de Arese rei da Trácia, que soltavam fogo pelas ventas e comiam carne humana.
9. Roubar os bois de cor de sangue de Gerião, um gigante assustador. Deveriam ser entregues a Euristeu.

10. Amansar o temível touro de Creta, uma fera sanguinária.
11. Vencer um dragão e entregar a Euristeu as valiosas maçãs de ouro do Jardim das Hespérides.
12. Resgatar do inferno o cão de três cabeças, Cérbero. Tarefa difícil que contou com o apoio da deusa Minerva e do deus Hermes.

Esse Euristeu queria (e conseguia) tudo, né? Mas mitologia é para mostrar que manda quem pode e obedece quem tem juízo.

Não precisamos dizer que o herói que mostrou sua bravura desde o berço venceu todos os desafios, mas mesmo assim sua vida não foi fácil porque foi punido por erros do passado, inclusive, foi condenado a três anos de escravidão.

De volta à liberdade casou-se com Dejanira, filha do rei de Calidon, Eneu, e irmã do herói grego Meleagro, a quem havia prometido desposá-la.

No entanto, nada foi fácil para Hércules, que teve que lutar desde bebê. Dejanira estava prometida a Aqueloo, filho de Oceano e de Tétis, mas ele lutou por ela mesmo assim e venceu a luta. Ele cumpriu sua promessa a Meleagro e, finalmente, voltou a ser feliz depois de superar todos os desafios.

Tem muito mais sobre nosso herói e outras informações estão na biblioteca mais próxima ou ao alcance de um clique.

E esse foi o último mito do meu primeiro diário mitológico. E agora que você já conhece bastante sobre a vida desses deuses e deusas, estarei te esperando para que liberte o conhecimento do meu segundo diário mitológico. Até lá.

Arquivo pessoal

SOBRE O AUTOR

Luca Cataldi cursa o 5º ano do ensino fundamental do colégio alemão Cruzeiro, onde é representante de turma e participa do Prêmio Canguru, a Olimpíada Nacional de Matemática. Representou o Brasil no concurso bilíngue de poesia da Albânia (Europa) através de sua Akademia Alternative Pegasiane Brasil, tendo escrito e declamado seus textos.

É poliglota tendo fluência em Inglês, Espanhol, Alemão e Português. Possui a certificação de proficiência Internacional Cambridge.

Foi de sua autoria o desenho da campanha publicitária de Natal da Federação Brasileira dos Comunicadores e Colunistas Sociais do Brasil. É faixa laranja de judô e adora tocar violão.

SOBRE O ILUSTRADOR

Alexandre Ostan tem 47 anos, é casado e tem duas filhas. Natural de Jundiaí, interior de São Paulo, desde sempre se interessou por desenhos animados e histórias em quadrinhos.

Começou desenhando caricaturas de amigos e professores na escola, o que lhe rendeu certa popularidade. Era sempre o primeiro escolhido em grupos de trabalhos artísticos.

Trabalha profissionalmente com desenho há mais de vinte e cinco anos. Inicialmente em pequenas agências de propaganda na sua cidade. Fazia logotipos, jornais, cartuns, histórias em quadrinhos, etc.

Depois de algum tempo entrou no mercado editorial, e realizou seu grande sonho de ilustrar livros infantis. Ilustrando e escrevendo, está sempre encarando novos desafios e ampliando seus horizontes artísticos.

Arquivo pessoal